#53 PACOIMA
Pacoima Branch Library
13605 Van Nuys Blvd.
Pacoima, CA 91331

D0984039

el VIRUS

Carlos Cuauhtémoc Sánchez

índice

Introducción 5
1. Día del padre 7
2. El difunto 9
3. Monólogo 11
4. Diagnóstico apático 13
5. Secreciones sospechosas 15
6. El desierto 17
7. Dispuesto a todo 19
8. Espuma 21
9. El rostro de la muerte 23
10. Asfixia 25
11. Shock 27
12. La crisis 29
13. El enfermo y la enfermedad 31
14. Arsenal de medicamentos 33
15. Perdonen mi incoherencia 35
16. Don Jacinto González 37
17. Cueva de refugio 39
18. Libros de medicina 41
19. El destino de un enfermo 43
20. El virus 45
21. Pesadillas 47
22. Psicología y autoayuda 49

23. Procedencia animal ... 51
24. El rincón ultrasecreto ... 53
25. Un diálogo sincero ... 55
26. Guerra espiritual ... 57
27. Testamentos ... 59
28. Arranques de violencia ... 61
29. Te hice a ti ... 63
30. El palo de escoba ... 65
31. Los patos muertos ... 67
32. Gemidos indecibles ... 69
33. La gran verdad ... 71
34. Resultados de los análisis ... 73
35. El mensaje de "mi amigo" ... 75
36. ¿Castigo de Dios? ... 77
37. Mi suegra ... 79
38. Inocencia ... 81
39. Sé paciente ... 83
40. El secreto de la mujer ... 85
41. Supersticiosos del poder ... 87
42. La limpia ... 89
43. El pacto ... 91
44. ¿Qué piensas? ... 93

Introducción

- La verdadera enfermedad es creernos derrotados cuando aún tenemos fuerzas para luchar.
- Las pruebas nos dan carácter.
- La adversidad nos ayuda a madurar.
- Si somos personas de actitud positiva, la huella del dolor se traducirá en un alma más noble, humilde y sin aires de grandeza.
- Hay un propósito en todo lo que sucede.

Éstas fueron algunas de las muchas ideas que pasaron por mi entendimiento mientras peleaba a muerte contra *el virus*, un adversario invisible, insensible, cruel, traldor, capaz de acabar con mis proyectos de vida e infectar a otros para destruirlos.

De igual forma, me vi obligado a pensar en los virus sociales que las personas hemos creado; (crímenes, agresiones, engaños, estafas, mentiras, abusos, excesos, daños a la naturaleza...), que por su peligrosidad y difusión están acabando con la raza humana.

Nuestra mayor debilidad ante los virus de cualquier tipo es *la confianza*, creernos seguros, mientras ellos usan su arma principal: *la sorpresa*.

¿Cómo defendernos?, ¿con qué recursos pelear?, ¿cómo soportar un lecho de dolor?, ¿cómo hallarle sentido al llanto?, ¿cómo reconciliarnos con Dios cuando nada de lo que sucede parece tener sentido? Preguntas difíciles, ancestrales; tuve que tratar de contestarlas cuando me enfrenté con el *virus*...

Ésta es una historia que me gustaría no haber tenido que escribir.

C.C.S.

1
Día del padre

Celebramos en un parque público con lagos artificiales; estamos preparando la comida cuando escuchamos el escalofriante estruendo de un accidente automovilístico a escasos metros de distancia; giramos la cabeza; hay gritos. Buena parte de la valla que limita el parque se ha caído; un hombre, tal vez borracho, se salió de la carretera y acaba de estrellarse con la enrejada de los jardines en donde muchas familias conmemoran el día del padre; por fortuna no hay chicos jugando cerca; corremos a ayudar al conductor; soy el primero en llegar, la escena resulta macabra, no permito que se aproximen mis familiares, pronto llega el auxilio médico. Vamos a otro paraje lejos de ahí, comemos en mesas improvisadas sin poder borrar de nuestro cerebro la impresión del accidente; ya entrada la tarde organizamos un partido de fútbol, participamos hombres, niños y mujeres; comienza a llover; algunos desertan del soccer y van a refugiarse; la mayoría continuamos corriendo detrás de la pelota; la lluvia se vuelve chaparrón; niños y adultos empapados, llenos de adrenalina, disfrutamos el disparate de hacer lo que no debemos; el partido termina, pero la lluvia arrecia; seguimos correteando; cerca, hay un lago artificial de aguas turbias, poblado por decenas de patos que igualmente gozan del aguacero; nos metemos con ropa y zapatos para jugar guerritas de agua; estamos en plena diversión cuando llegan dos policías obesos, parecen muy enojados; me llaman; quieren hablar conmigo; tengo la cabeza llena de lodo y fango; mi primo Héctor se encargó de embadurnarme; salgo del agua sin quitarme los lirios que me cuelgan de las orejas, los niños se ríen; sé que los policías me regañarán por haber comandado la irrupción en el lago; me equivoco, quieren decirme otra cosa: el hombre que chocó con la valla del parque, falleció.

2
El difunto

Θ Nuestro jefe cree que el difunto estaba huyendo de alguien (me dicen los policías) usted lo vio cuando agonizaba; venimos a preguntarle si lo escuchó decir sus últimas palabras; no parece haber tenido motivos para salirse de la carretera. (La conversación me causa molestia). Θ ¡Es día del padre!, (contesto) estamos celebrando, déjenme en paz, ya me había olvidado de ese horrible incidente. Θ ¿Pero el hombre dijo algo? Θ No, no dijo nada. // Empapados, tiritando, familiares y amigos nos despedimos; conduzco el auto a casa sin poder quitar de mi cabeza la imagen del accidentado; se salió por el parabrisas, no llevaba puesto el cinturón; cuando le tomé la mano como para darle ánimos y preguntarle si estaba bien, tosió sangre; fue una de sus últimas convulsiones; tenía el rostro muy rojo y los globos oculares desorbitados; no todos los días se presencia de cerca la muerte de un hombre; me conozco; sé que la espantosa escena me acompañará durante días hasta que la redacte; sólo escribiendo los recuerdos desagradables puedo olvidarme de ellos: aprendí desde joven la "catarsis del escritor"; antes usaba papel y pluma, ahora, computadora. Esta vez, mi práctica no funciona, después de escribir, sigo pensando en el moribundo y soñando con él. Durante tres noches seguidas tengo pesadillas; la cuarta noche, antes de acostarme, siento un piquete en la faringe, como un alfilerazo o una descarga eléctrica; me llevo ambas manos al cuello y salto de la cama; alarmo a mi esposa: Θ ¿Qué pasa? Θ No sé; la garganta me quema. Θ Todos tenemos un poco de tos y gripe por habernos empapado el domingo pasado; descansa, te sentirás mejor. Θ Sí. // Hago el intento, no lo logro; el malestar sube de tono minuto a minuto; cada vez que intento deglutir saliva me contraigo de dolor; estoy en la frontera que divide el mundo rutinario del fantasmal; ignoro que pronto me convertiré en una zombi que se azotará contra las paredes.

3
Monólogo

Θ ¿Qué haces aquí?, ¿otra vez pasaste la noche escribiendo? Θ Sí mi amor, nunca me acosté. Θ ¿Y avanzaste mucho? Θ Bueno, escribí esta frase, ***la adversidad nos invita a renovarnos y a replantear objetivos,*** también pensé en el título del nuevo libro, se llamará ***Luz en la tormenta.*** Θ ¿Cómo?, ¿sólo escribiste *eso*?, te noto extraño, ¿por qué hablas como gangoso? Θ ¡Porque estoy grave!, necesito un médico. // Mi esposa me observa con sus libros de trabajo bajo el brazo, se le ha hecho tarde para ir a la universidad; me da un antibiótico de amplio espectro y promete que a medio día, si sigo sintiéndome mal, me acompañará al doctor; sale corriendo, la veo alejarse para atender sus propios asuntos. Hasta este momento ni siquiera sospecho lo que me sucederá; no logro olvidar las últimas sensaciones ligadas a la tragedia: el susto por un horrible ruido de fierros impactándose a corta distancia, el escalofrío por los arañazos de un hombre agonizante que me agarra del

brazo con todas sus fuerzas y el tormento por los calambres ácidos en mi garganta. Quiero mantener una actitud positiva; uso mis mejores recursos; digo un monólogo en voz alta:
Θ Ninguna adversidad es más fuerte que yo; hay personas que encuentran problemas en cada oportunidad, yo hago lo contrario, hallo oportunidades en los problemas; así que (me aprieto los oídos) ¿cuál es la infeliz, desgraciada, miserable, oportunidad escondida en este maldito problema? (resoplo una y otra vez con rapidez) a ver, cálmate, con un demonio, tú eres un vencedor, te caes, pero no te quedas tirado, así que levántate y encuéntrale sentido a esto; todo sucede por algo, algo, algo, algo (camino en círculos, grito) pero ¿qué?

4
Diagnóstico apático

Paso la mañana dando saltos de angustia con ambas manos sobre el cuello para producirme calor; el calor me calma un poco; cualquiera pensaría que intento ahorcarme; no logro comer ni beber, ni siquiera pasar saliva; en varias horas frente al teclado sólo he escrito miles de signos de admiración; estoy enloqueciendo; apago la computadora y voy al auto, manejo hasta la farmacia, el boticario me sugiere paliativos comerciales. Θ Yo necesito algo más. // Voy a la torre médica; un doctor apático me revisa y dice que tengo algo-*itis.* Θ No (reniego), esto es más que una infección, créame, no estoy loco ni me gusta hacerme el mártir. // El médico insiste en su diagnóstico; salgo con una receta de antinflamatorios; bajo las escaleras del sanatorio y subo a mi auto; me limpio algunas lágrimas furtivas; el dolor excede los límites que puedo soportar, me atacan espasmos que duran tres o cuatro minutos por tres o cuatro de descanso; los calambres me ensordecen y paralizan la cara; cuando acometen siento que me desmayo; manejo muy despacio por el carril de baja velocidad, algunos conductores me agreden con el claxon, hago esfuerzos por no zigzaguear, por seguir consciente; descubro ante cada ataque que preciso bajar la vista, taparme la boca con la mano y resoplar muy despacio para provocar que el vaho tibio regrese a la garganta y atenúe ligeramente el ardor; me desespero, acelero sin querer, casi pierdo la vía y paso rozando el enrejado de un parque; ¡de un parque!, ¡no puede ser!, los policías me dijeron que el difunto se accidentó porque estaba huyendo; ¿huyendo de qué?, ¿sería posible?, ¿el hombre huía de su propio dolor?, ¡él me contagió del mal que lo llevó a la tumba!

5
Secreciones sospechosas

Conduzco hacia mi casa con suma lentitud repasando detalladamente mis recuerdos; cuando ocurrió el accidente del parque, la gente cercana se alejó del lugar, yo fui el único que corrí al revés, acercándome al hombre que había salido proyectado por el parabrisas; le dije: Θ ¿Está bien?, ¿me escucha? // Pero él se limitó a aferrarse a mi antebrazo como si estuviese a punto de caer por un despeñadero y yo fuese el único asidero que evitara su caída; al principio lo apreté conmovido, pero después me asusté y quise quitarme sus dedos crispados en forma de garras; me clavó las uñas y tosió dos veces; al hacerlo me salpicó sangre a la cara; no pude limpiarme de inmediato, pero detecté en mis labios el sabor metálico de una gota de su sangre tibia; titubeé, tanto por repulsión como por compasión; percibí la presencia de mis hijos y sobrinos detrás de mí, me arranqué las uñas del moribundo y dije: Θ Vámonos de aquí, no vean esto. Θ ¿Qué tienes en la cara, tío? ϴ Nada. // Restregué mi rostro con ambas manos y escupí; durante varios minutos seguí percibiendo el desagradable gusto alcalino de la sangre de ese hombre en mi boca. Por fortuna los dos policías obesos que después me sacarían del lago para darme la noticia del fallecimiento del pobre infeliz, llegaron corriendo y se hicieron cargo. Investigo el número telefónico del parque; llamo. ϴ Señorita, el domingo pasado hubo un horrible accidente, ¿recuerda?, sí, fue día del padre, un hombre chocó y se mató; yo estuve ahí; necesito su ayuda; me contagió de algo muy malo, la enfermedad que le causó la muerte; sí, ya sé que falleció por el choque, pero entiéndame, él ya venía enfermo desde antes, ¿de qué?, no lo sé, ¡es lo que trato de explicarle!; estoy muy mal y tengo que averiguar... no, no es una broma, ¿usted es sólo la secretaria del gerente y su jefe no está?, por ahí hubiéramos empezado, le dejo mis datos, dígale al gerente que me llame cuanto antes.

6
El desierto

No recibo ninguna llamada, así que vuelvo a marcar Θ ¿Estoy hablando al parque de los lagos?, sí, soy la misma persona de hace rato; ya le conté mi problema ¿quiere que se lo explique de nuevo?, ¿no hace falta?, pues tómelo en serio; ¿cuándo llega su jefe?, ¡eso me dijo hace tres horas!, sí, se lo encargo mucho; es importante. // Cuelgo; percibo que la asistente me cree un lunático; no me comunicarán con el gerente; hay que ir al parque en persona, pero yo no puedo moverme, estoy paralizado; me pongo en cuclillas; miro el reloj, mi esposa no debe tardar en llegar, anhelo verla, aunque sé que de todas formas estaré solo con mis dolores; así se siente un enfermo: *solo*. Años atrás, después de que operaron a mi madre, la vi sufrir una larga convalecencia; sus hijos y familiares la acompañábamos, pero en realidad le servíamos de poco; desde entonces razoné que cualquier traumatismo, cirugía mayor o dolencia crónica, abaten a tal grado a la persona, que la hacen sentir agotada, débil, sedienta, afligida, a punto de desfallecer, cual si se hallara atravesando el peor desierto; lo curioso de esta analogía es que familiares y amigos del enfermo ¡van junto a él dándole ánimos y consejos desde arriba de un auto, todo terreno, con aire acondicionado, comiendo deliciosas viandas y viendo una pantalla de entretenimiento! Claro, los familiares también sufren porque hubieran querido no verse obligados a desviarse de su carrera por autopistas lisas para tener que disminuir la velocidad y acompañar a su allegado en esas aburridas dunas de arena (¡cómo se pierde tiempo con los enfermos!), pero sólo el enfermo sabe lo que se siente atravesar el desierto a pie. Recuerdo que le dije a mi madre durante su malestar: Θ Veo que estás sufriendo, quisiera ayudarte más, pero no puedo, deberás cruzar el desierto sola mientras tus seres queridos te contemplamos a través de un cristal. (Ella sonrió y respondió): Θ Verlos ahí, aunque sea detrás de ese "cristal", hace más llevadera mi enfermedad; no se vayan.

7
Dispuesto a todo

María llega corriendo de la universidad, arroja sus libros al sillón y me pregunta: Θ ¿Cómo sigues? Θ ¡Mal!, tengo como descargas eléctricas en la cara, la faringe, la laringe, el conducto de Eustaquio, los oídos, los ojos, la nuca... jamás había sentido algo así; no se lo deseo ni a mi peor enemigo. Θ A ver, amor, déjame verte de nuevo, abre la boca, di ahhh, mira nada más, tienes rojo. Θ ¡Claro que tengo rojo, mujer; todos tenemos rojo, pero a mí se me metió un maldito monstruo! Θ Qué raro. Θ Fui al doctor, me recetó esto, no sirve de nada; ayúdame por favor, siento que me muero. Θ A ver explícame otra vez; exactamente qué tipo de dolor sientes. Θ Como de las amígdalas, aunque ya sabes que yo no tengo amígdalas. Θ ¿Una laringitis, entonces? Θ Sí, pero mil veces más fuerte. Θ Seguro son llagas por una infección local. Θ ¡Lo que sea, haz algo! Θ Sí, espérame // Va a la cocina, la escucho dar instrucciones, sazonar el guisado, mandar comida a su mamá y telefonear a la maestra de zumba para avisarle que no asistiría a la clase esa tarde. Muevo la cabeza; mis esposa tiene un chip de alta velocidad, no puede quedarse quieta ni un minuto y al final del día quiere decir con palabras todo lo que hizo; me marea, con frecuencia acabo exhausto sólo de oírla; como soy de pocas palabras y sé escuchar, hacemos buena pareja, pero cuando me desespero, enciendo mi laptop y escribo; a ella no le importa, sigue hablando y corriendo como hormiga. ¿Por qué rayos tarda tanto?, en medio de una gran crisis de dolor me jalo los cabellos; al fin vuelve a la habitación con una pócima; el dolor es increíble, estoy dispuesto a hacer lo que sea, comer serpientes, arañas o escorpiones, si eso atenúa mi suplicio; ella tiene las mejores intenciones, pero ninguno sabe que su remedio casero será fatídico.

8
Espuma

Θ A ver, amor, tranquilo (me dice), si tienes llagas hay que quemarlas, será como una cauterización, después se acabará tu suplicio. Θ ¿Qué debo hacer? Θ Gárgaras con limón y bicarbonato, acábate esta taza. //Obedezco ciegamente; aunque hacer gárgaras con esa sustancia inocua parece lógico, ni mi esposa ni yo sabemos que resultará la peor combinación química para un nervio glosofaríngeo con daño agudo; es como aplicar fuego en carne viva, literalmente me revuelco en el suelo; compruebo que aunque hay dolores capaces de hacer que una persona pierda el conocimiento, otros, sin importar cuan fuertes sean, pueden aumentar hasta límites inimaginables. A los pocos minutos lo intento de nuevo, pienso: seré valiente, si cauterizar heridas abiertas, es la solución, ¡lo haré! Repito el procedimiento varias veces y termino la taza; un fuerte zumbido me deja sordo, mi organismo reacciona de manera inesperada; quizá como defensa a lo que considera una agresión excesiva produce abundante moco blanco; voy al baño y escupo; la cantidad de espuma es incesante; respiro con rapidez sin entender lo que está ocurriéndome, es como si el sistema inmunológico quisiese echar montones desmedidos de un bálsamo burbujeante a heridas en carne viva; comienzo a asustarme, esto es una locura, abro la boca y la espuma espesa me escurre a chorros, quiero controlarla, hago un efecto de detención, cierro los labios; cada diez segundos se me llenan las mejillas y debo escupir, el dolor aumenta, tengo un desequilibrio; me hinco frente al escusado. Dios santo, qué me sucede. Entonces, abrupta, violenta, repentinamente, se me bloquea la tráquea; no puedo respirar, ni por la boca ni por la nariz, la producción de secreciones continúa sellando aún más todas mis vías aéreas.

9
El rostro de la muerte

Abro la boca y trato de inspirar; imposible; la nariz; nada; quiero toser y no puedo, ¡me estoy ahogando!; mis glándulas sublinguales siguen generando moco; tengo la tráquea cerrada, los conductos respiratorios taponados por completo; haber perdido la capacidad para respirar me produce una angustia extrema, se me eleva la presión, el ritmo cardiaco y la adrenalina; corro, horrorizado, abriendo mucho la boca; María se encuentra cerca; apenas ve mi cara de terror entiende lo que ocurre; se pone detrás de mí y me aprieta el abdomen; no funciona; vuelve a intentarlo con más vigor, ¿voy morir así?, ¿por asfixia?, pasa un minuto, dos; se me está acabando el oxígeno; ella grita; pujo sin éxito; dando tumbos llego hasta una silla y me encorvo sobre el respaldo encajándolo en la boca de mi estómago; es inútil; todo me da vueltas, voy a perder el conocimiento, ¡aire!, ¡necesito aire!, ya no queda mucho tiempo, quizá unos segundos; María detrás de mí intenta de nuevo la maniobra de Heimlich; es tarde, comienzo a desvanecerme, la muerte está parada frente a un costado; la veo de reojo, es un espectro negro; mi esposa corre de un lado a otro; toma el teléfono para llamar una ambulancia, pero no lo hace; busca las llaves del coche para llevarme a urgencias médicas, pero no las encuentra; regresa hasta mí y vuelve a aplicarme una maniobra de compresión abdominal apresurada y burda; grita, pidiendo ayuda a alguna persona que no está cerca, suplica a la Divinidad para que haga una intervención milagrosa y echa fuera a la muerte cuya presencia, casi tangible, también ella ha percibido; comienzo a caerme como un muñeco de trapo, intentando inútilmente asirme de la mesa; en mi trayecto hacia el suelo, escucho los gritos de María cada vez más lejanos, como envueltos en un eco espectral.

10
Asfixia

Θ ¡No, Carlos!, ¡espera!, ¡no te desmayes!, ¡no te mueras!, ¡no, no, no! // En mis últimos momentos pienso cuánto amo a esa mujer; veintidós años juntos, toda una vida; una buena vida, construimos nuestra propia historia; alegrías, placeres y sinsabores; la veo entre neblina, borrosamente, está fuera de sí, haciendo esfuerzos vanos por ayudarme a respirar; aunque exhausta, como último recurso, me golpea la espalda, lo hace frenéticamente, primero con la mano abierta, luego con el puño; no está dispuesta a enviudar así; los golpes en la espalda me hacen sentir que aún estoy vivo, pero mis vías respiratorias se han sellado; ella continúa golpeando, cinco, diez, quince veces... yo quiero cooperar; es mentira que una persona al borde del abismo se acostumbre a la idea de morir; hasta la última décima de segundo el instinto nos hace luchar por la vida; ya acabados, aún tenemos intentos electrizantes de resurrección; justo en el límite, percibo una

ligerísima veta de aire entrando a mis pulmones, aunque mínima, suficiente para permitir-
me toser; María incrementa la fuerza y rapidez
de sus palmadas; parece una loca, despeina-
da, enrojecida, fruncida, bañada en lágrimas.
Θ Por favor, respira, por favor, por favor. //
Entonces con el sonido de una escopeta tra-
bada que explota, arrojo la obstrucción: una
bola blanca de secreciones endurecidas del ta-
maño de un durazno, aspiro con profundidad,
el aire entra a mis pulmones al fin, vuelvo a
toser, ella me sigue golpeando, sólo cuando ve
que mi pecho se infla de forma intermitente y
estable, deja de hacerlo; me acuesto boca arriba, mientras recupero el aliento, tendido en el
piso, abro mucho los ojos y me concentro en
respirar; ella se postra de rodillas a mi lado,
pone su cabeza sobre mi abdomen y comienza a llorar con todas sus fuerzas; sus gemidos
pueden escucharse hasta varias cuadras a la
redonda.

11
Shock

Cuando logro levantarme del piso ya han llegado vecinos y familiares; la muchacha del aseo les avisó; me llevan al hospital; mi garganta no para de segregar espuma; el fenómeno les parece extraño a los médicos, pero no le dan importancia. Θ Procure calmarse, deje de respirar tan rápido, tiene la presión altísima. Θ Ahj ahj ahj, dohjtor, mej duejle mujcho ¿qué mej pajsa? Θ Tranquilícese, está en shock por el susto, cierre los ojos y relájese. Θ Sjí. // La sensación de fuego en la garganta, oídos y nariz está acabando conmigo; me inyectan calmantes y vuelven a diagnosticar frívolamente: Θ Tiene las mucosas inflamadas, nada extraordinario, ¡ya deje de resoplar y de escupir!, ¡contrólese! // Llevo mis manos a los oídos, siento que mi cabeza estallará; salimos de ahí; como aún estoy prisionero del dolor tengo las cuerdas vocales apelmazadas, advierto a mis familiares: Θ No creejrán lo que ajcaban de dejcirnos ¿vejrdad?, ¡yo ejstoy muy grave!, nejcesito ver a ojtro méjdico. // Todos saben que es así; hacen llamadas telefónicas, contactan amigos, piden recomendaciones; al fin me llevan a otro hospital; una doctora entusiasta me revisa; por fortuna también hay médicos responsables y cuidadosos, como ella; me hace abrir la boca para sitiar la inflamación con rayos láser; usa dosis altas y prolongadas; nada; los ataques de dolor continúan, son tan terribles que me hacen tirarme de los pelos; la doctora se asusta; pierde el entusiasmo. Θ ¿Pero qué le ocurre?, ¿tiene alguna idea de por qué le está pasando esto? Θ Sjí, (asiento) sjí, loj sé; por favor, invejstiguen. // Mi esposa se adelanta con el rostro ávido de explicaciones; le digo: Θ Fuej el hombre que mujrió en el parque dejspués de que chocó con su auto; ahjj, él mej contagió; de hecho, cajsi ejstoy seguro que jse accidentó porque el dolor lo hijzo perder la capajcidad de condujcir. // Todos se quedan boquiabiertos.

12
La crisis

Mi hermano sale del hospital para darse a la tarea de investigar los motivos por los que se accidentó aquel hombre del parque; visitará al gerente y a las autoridades competentes. La doctora escribe una orden de hospitalización y convoca a varios especialistas; me siento como conejillo de indias, médicos toman de mi cuerpo todo tipo de muestras para analizarlas, aunque el dolor y la secreción de moco persisten, mi temor ha disminuido un poco, pues al menos me siento atendido; alguien descubrirá cualquier cosa pronto. A las pocas horas, un vocero del equipo hospitalario me dice: Θ Usted cayó en crisis; la palabra crisis, tan usada hoy en día por todos y para todo, tiene en realidad una connotación médica; se define como cambio considerable que sucede en una enfermedad, ya sea para mejorarse, ya para agravarse: así, la crisis es el punto de ruptura en el que las cosas toman un nuevo rumbo; en este sentido, las crisis son buenas, porque ponen al descubierto el mal oculto. // Nunca me he distinguido por tener grandes dotes de paciencia, así que interrumpo; como en ese momento no siento dolor extremo, mi dicción es clara: Θ Con todo respeto, doctor, ¿me puede decir qué demonios me pasa? Θ A eso iba; usted tiene un trastorno agudo de los nervios craneales, neuralgia del trigémino y neuralgia glosofaríngea; también hemos descubierto indicios del síndrome de Ramsay Hunt; no hay antecedentes registrados de otros pacientes con un trastorno neuronal tan severo; causas, desconocidas, pronóstico de reserva, tratamiento sintomático. // Asiento; bonita cosa; en otras palabras: no saben por qué me sucede algo tan feo, y nadie tiene idea de qué hacer para ayudarme.

13
El enfermo y la enfermedad

Ahora mi enfermedad está determinada: ¿globo... faringe... tri-gemelo... Rambo hunt?, caramba, ni siquiera voy a poder presumir el nombrecito sin sonar arrogante; le pido al médico que me anote los términos para aprenderlos y él lo hace con un chocante aire de superioridad, como diciendo sin palabras: pobre de ti, eres un enfermo, ya te fastidiaste. Entiendo el absurdo; no leo lo que escribió, pongo el papel a un lado de la cama con intenciones de romperlo después; una vez que los doctores le dan nombre y apellido a la enfermedad de alguien, se la cuelgan al cuello como la placa de identificación de un perro, entonces la persona se convierte en un ser amaestrado y dominado; a algunos médicos les encanta tener ese poder; yo no le doy el gusto al que tengo enfrente; pienso que los miles de millones de personas diagnosticadas con leucemia, cáncer, sida, diabetes, cardiopatías, hepatitis, lupus, esclerosis, artritis, espondilitis y tantos otros síndromes raros: tienen una afección cuyo proceso es lento, a veces errático, pero el mal adquiere verdadero poder sobre ellas cuando fusionan su identidad con la de la enfermedad y hacen declaraciones como "soy un enfermo de...", en las últimas horas he cometido ese error; lo rectifico; yo puedo tener una enfermedad, pero no soy un enfermo. Repaso todos los "yo soy", (hombre, padre, esposo, escritor, deportista, viajero...) no permitiré que nadie me agregue el epíteto de enfermo ¡para colmo de algo impronunciable!, sigo siendo una persona completa, íntegra y con todo el potencial para ser feliz a pesar de este contratiempo.

14
Arsenal de medicamentos

Me drogan; sólo un narcótico por vía intravenosa logra tranquilizarme, pierdo los reflejos y la lucidez; aunque paso la noche soñando con elefantes rosas, ni siquiera así desaparece el dolor; cada media hora despierto con un ataque neurálgico, atenuado, pero activo; a la mañana siguiente me visitan varios médicos; los antibióticos y antivirales, más toda la carga de sedativos me dejan como piltrafa; apenas puedo explicarles que me siento mejor, pero no aliviado; concuerdan en dejarme en observación; hablo conmigo mismo; entre sueños me digo: La enfermedad es relativa, no absoluta; ¿qué dones, capacidades y logros tengo?, ¿por qué me han pagado y felicitado?, ¿cuáles son mis valores, por lo que vivo, lo que más amo?; eso es lo que soy; eso es lo que me hace único y valioso; la enfermedad no está en la lista, y si tuviera que estarlo, ocuparía uno de los últimos lugares en importancia; trazando una gráfica circular, la enfermedad significaría el segmento más diminuto de mi persona. Paso otros dos días más en el hospital, los médicos no me ven tan grave como para mantenerme internado; tampoco me ven mejorar un ápice, sigo teniendo los mismos dolores mortales con los que ingresé; deciden mandarme a mi casa; si he de morir que sea lejos de su jurisdicción; pregunto por la doctora entusiasta que me internó; está de viaje, por lo visto huyó a Tombuctú. Salgo del sanatorio sin poder ocultar mi decepción, recetado con un arsenal de medicamentos para inhibir la sensibilidad de los nervios; se supone que la mitad de eso podría hacer dormir a un caballo; a mí me quita las energías, pero no el dolor. Esa noche tengo programado impartir un curso sobre cómo superar la crisis; el tema del libro que estoy escribiendo, qué ironía; casi no puedo hablar ni sostenerme en pie, aún así, me niego a cancelar el curso.

15

Perdonen mi incoherencia

Apenas llego a casa voy a mi estudio, enciendo la computadora e imprimo el temario; tengo un par de horas para estudiar, pero no puedo concentrarme ni avanzar; imagino a la gente que asistirá: personas nobles, amigables, con problemas, pero también con la humildad y entereza suficiente para asistir a una conferencia de reflexión; me ven como un guía, ¿cómo voy a guiarlos?, comienzo a escribir lo único que puedo decirles: Se supone que debo enseñarles a superar la adversidad, pero me encuentro en una de las peores de mi vida y, francamente, no sé cómo superarla; es absurdo ¿no creen?, aunque debí cancelar la sesión, he descubierto que el gran ataque de nuestro cerebro traidor es hacernos sentir indignos; eso nos paraliza; sé de personas que no han vuelto a hacer el bien porque todo el tiempo recuerdan cuando fallaron; la voz de la vergüenza resuena en sus oídos diciendo "no eres meritorio, no eres coherente, mejor quédate quieto"; tuve un alumno que por accidente atropelló a su hermanito y le produjo una grave lesión, a partir de ahí se sintió sucio, ruin, despreciable; acabó yéndose de casa; desde entonces tengo una regla: *Sigue haciendo el bien aunque te sientas indigno; continúa luchando por tus valores aunque tú mismo los hayas profanado alguna vez;* amigos, hoy estoy confundido, deprimido, y no sé cómo voy a salir de esta crisis; vengo a mostrarles mi debilidad, mi imperfección y hasta mi incoherencia; soy sólo un hombre extenuado que tiene mucho dolor y muchas ganas de llorar; sólo soy una persona que atraviesa por la adversidad lamentándose y buscando apoyo.

16

Don Jacinto González

Frente a la computadora, redacto lo que planeo decir en el curso cuando llega mi hermano; se ha dedicado a investigar, parece cansado de la labor, me dice: Θ El hombre que falleció en el parque era un político importante; se llamaba Jacinto González; fue síndico, presidente municipal y estaba postulándose para diputado local; tenía poder; sin embargo, según el peritaje, fueron las heridas del choque lo que propició su muerte, nadie tiene noticias de que haya sufrido dolores neurálgicos. Θ ¿Pero fuiste a su casa? ¿Le preguntaste a su familia? Θ Lo hice; Don Jacinto vivía solo; sus hijos estudian en el extranjero y su esposa lo dejó hace dos años; era un adicto al trabajo. Θ ¡Entonces en su oficina!, ¿fuiste ahí?, ¿preguntaste a sus compañeros? Θ No; la verdad no, pero creo que estamos persiguiendo una pista falsa; ese hombre se accidentó porque iba a exceso de velocidad; eso dicen todos. // Me pongo de pie tirando el teclado y el mouse sin querer, no los levanto;

hablo de forma retadora. Θ ¿Y por qué iba tan rápido?, tuvo que haber alguna causa; la primera impresión de los policías es que estaba huyendo, acuérdate; además yo empecé a sentirme mal después de que ese tipo me salpicó de sangre. Θ Hermano, a ti ya te hicieron muchos exámenes y no tienes ninguna infección; lo que te pasa es neurológico. Θ ¿Y cuál es la causa?, siempre he sido una persona sana; tú me conoces, al menos dame una teoría, ¿qué rayos me pasa? // Me sobreviene otro terrible ataque. Se queda callado, me observa con lástima; debo parecer un verdadero despojo humano; agacho la cabeza y me cubro los oídos con ambas manos; resoplo, gimo, escupo varias veces; sigo jadeando; cuando levanto la cara tengo los vasos sanguíneos reventados y las cuerdas vocales apelmazadas; murmuro: Θ Ajjjjh ¡Ajyújdjame! Invejstijga majs; estoy sjeguro que ese tal Jajcinto mej contagió; ajjjjh ve a sju ofijcina, busca a sju médico de cajbejcera. // Mi hermano dice que sí y sale corriendo.

17
Cueva de refugio

María a mi lado levanta el teléfono y hace varias llamadas para cancelar el curso que yo planeaba dar; tirado en el suelo se lo reprocho con la mirada, pero en secreto lo agradezco; los ataques de dolor han tomado un nuevo comportamiento, ahora duran casi veinte (eternos) minutos; cuando suceden, me zumban los oídos, no puedo caminar, hablar, comer, tragar agua o saliva; meto un trapo a mi boca lo muerdo y exhalo sobre él para provocar que el aire caliente tarde en salir; después de cada ataque quedo exhausto, con muchas ganas de llorar, preguntando por qué. Comienzo a llevar un registro de los tiempos como hacen las mujeres en labor de parto; luego de cada ataque tengo veinte minutos de receso sin ninguna molestia; debo aprovecharlos. Me arrastro hasta mi estudio y cierro la puerta; hay más de diez mil libros ahí; los he coleccionado desde que era niño; los libros son mi único vicio; el sitio en que se encuentran se ha convertido a través de los años en mi cueva secreta de refugio; todos tenemos una: lugares en los que alguna vez nos sentimos seguros y satisfechos grabados en nuestro subconsciente, *siempre* volvemos a ellos en tiempos difíciles; para algunos, sus *cuevas de refugio* pueden ser antros, prostíbulos, cantinas o cuartos donde se drogaron, para otros pueden ser iglesias, parques, montañas o lagos; la mejor analogía sería "el escondite del tigre herido"; por instinto, un animal lastimado se dirigirá a su cueva de refugio, incluso morirá en el intento de llegar; así que me encierro con llave en la mía y miro los libreros; bien ¿por donde empiezo?

18

Libros de medicina

Bajo varios volúmenes del estante y los enfilo en la mesa frente a mí; busco en los índices, hallo poca información específica. Leo: «La neuralgia de los nervios craneales puede asemejarse a la producida por el herpes zóster; los pacientes la definen como ardor, quemadura, agujas, ulceración, carne al rojo vivo, aceite hirviendo, latigazos». Concuerdo en parte; hace muchos años tuve zóster en la espalda, pero lo que padezco ahora es elevado al cubo en intensidad y duración; además ocurre en un lugar en el que confluyen elementos vitales: la voz, la entrada de alimento y la entrada de aire, no puedo comer o respirar sin el peligro constante de asfixiarme. Tomo otro libro; sigo leyendo; me entero que los enfermos de neuralgias craneales con frecuencia sufren dolores tan terribles y constantes que quedan incapacitados para trabajar y llevar una vida normal; en casos extremos sólo mediante una agresiva y riesgosa cirugía en la que les cortan o aíslan los nervios, logran cierta esperanza de recuperación, pero a veces la operación los deja paralizados de la cara; me revelo contra ese pronóstico; no es para mí; leo varios libros más sin obtener respuestas útiles, luego voy a Internet; hallo lo mismo; la ciencia explica *qué* me sucede, pero no ***por qué***, ***para qué*** ni ***cómo*** salir de aquí; ¡es increíble que con tanto avance tecnológico estemos tan limitados!, conocemos apenas un nanómetro del funcionamiento del cuerpo; la ciencia no ayuda en casos graves, se cruza de brazos con arrogancia y explica pero sin dar soluciones. Miro la bolsa con medicamentos junto a mí; hay antibióticos, antinflamatorios, antineuríticos y un poderoso narcótico que sólo se vende con estricta receta médica. Comienzo a sentir entumecimiento y vibración en la mejilla; voy por mi trapo, lo meto a la boca y me preparo; cuando menos lo pienso estoy otra vez revolcándome en el piso.

19

El destino de un enfermo

Las frases del pronóstico fatalista que acabo de leer me persiguen como moscas necrófilas, insistentes y agresivas; "incapacitado, "sin una vida normal", "cirugía riesgosa", "cortar o aislar los nervios", "paralizado de la cara"; poco a poco me voy familiarizando con las declaraciones terribles y dejo de temerles; "si ese es mi destino, lo enfrentaré con valor", entonces recibo un chispazo de lucidez; ¿qué estoy haciendo?; no debería permitir que mi mente se haga amiga de un futuro negro; comprendo que hacer esto es una tendencia mórbida de todos los que han sido diagnosticados y se han colgado al cuello el nombre y apellido de su enfermedad: como se vuelven expertos en ella, hablan con términos médicos y se enfocan en lo peor que puede ocurrirles, lo dan por hecho y lo anticipan; así, pierden la capacidad de vivir el presente, adelantan síntomas que todavía no tienen, creen estar más cerca de la muerte o de la invalidez cada día y dejan que la enfermedad afecte su vida laboral, familiar, de pareja, social, intelectual, y espiritual. ¡Alguien tiene que advertirles del grave peligro de hacer esto!, la verdadera enfermedad es creernos derrotados cuando aún tenemos fuerzas para luchar. Declaro: mi futuro es bueno, luminoso, estupendo; la enfermedad es sólo una circunstancia ajena a mí, no voy a adaptarme a ella, no voy a presumirla como un trofeo para provocar condolencias; voy a luchar contra ella; posiblemente me obligue a cambiar ciertas rutinas, a tomar medicamentos, a hacer ejercicios y dieta especial; haré todo eso con gusto porque quiero vivir, pero sin permitir que las terapias físicas se vuelvan el centro de mi atención y el motivo de mi existencia; me ejercitaré y comeré sanamente no porque estoy enfermo sino porque voy a dejar de estarlo.

20
El virus

María toca la puerta; entra al estudio trayéndome un té de manzanilla; se ha vuelto muy precavida con sus remedios. Me encuentra remolineándome; veo su cara de horror. Θ Esto no puede seguir así; vamos a otro médico; acaban de recomendarme al mejor infectólogo internista en la ciudad. // Me ayuda a levantarme; coopero; estoy de acuerdo en hacer algo, lo que sea; las medicinas que tomo no me sirven. Ella maneja el auto, yo voy en silencio con mi trapo en la boca. Llegamos al consultorio, el médico tiene más de diez pacientes esperando; mi esposa habla con la recepcionista, le explica la situación, usa todos sus recursos, trae varios de los libros que he escrito para regalar; por fortuna el doctor tiene referencias de mi trabajo; hace una excepción y me atiende sin cita; me revisa con cuidado; ve detenidamente los reportes de mis exámenes hospitalarios; después de una larga consulta, mueve la cabeza como apenado; me dice: Θ Su neuralgia no es el problema, en realidad representa sólo un efecto de la verdadera causa; detrás de todo esto hay un virus, no sabemos cuál; los virus son diversos, mutantes, impredecibles; entran en las células y hacen estragos, abren puertas a otras infecciones, ocasionan problemas que pueden llegar a ser mortales; el ébola es un virus, el sida, la rabia, la hepatitis, la influenza humana... existen muchas clases de virus, no hay medicamentos efectivos para atacarlos, cuando tienes uno, te enfrentas a él, cuerpo a cuerpo hasta las últimas consecuencias. Θ ¿Y cuál es el pronóstico para mí? Θ Todavía no lo sé, le extraeremos sangre otra vez para enviarla a un laboratorio especializado en aislar virus inusuales; por lo pronto deje de tomar esa montaña de medicinas y limítese a estas dos pastillas que voy a recetarle; son las más indicadas Θ ¿Me curarán? Θ No, pero tal vez lo ayuden a sufrir menos. // Palmea mi espalda asegurando que pronto estaré bien; no le creo.

21
Pesadillas

Antes de despedirme del médico le digo que dentro de cuatro días voy a dar una conferencia para dos mil personas, mueve la cabeza. Θ Debe cancelarla (ordena), definitivamente. Θ Pero yo jamás he faltado a un compromiso. Θ Siempre hay una primera vez. Θ Pero... Θ Escúchese (me interrumpe), usted está afónico, si fuerza la voz empeorará, además, ¿qué hará si le ocurre una crisis de dolor en medio de la charla?, váyase a su casa y hable lo menos posible. // No puedo discutir más; me paso el resto de la tarde con los ojos cerrados, apretándome los oídos; cuando puedo, telefoneo al organizador de la conferencia para darle la noticia; le cae como balde de agua helada; por fortuna iba a ser un evento gratuito; no hay a quién demandar; me explica que la gente está entusiasmadísima esperando mi charla; siento mucha tristeza de no poder cumplir. La noche es otro infierno más; sueño que soy tragafuegos; trabajo en un semáforo de la ciudad haciendo buches de gasolina y escupiéndola al aire para incendiar con un cerillo el chorro que sale de mi boca; me falla la coordinación y prendo el fuego antes de escupir, entonces se me incendia la lengua, la garganta, la cabeza y finalmente el cuerpo; mi espíritu sube hasta un lugar lleno de luz; dejo de padecer; aunque ya no respiro, tengo aire a plenitud; la sensación de claustrofobia que me acompañó en cada momento difícil de mi vida desde que quedé atrapado buceando en los camarotes de un barco hundido, se disipa por completo; en esta nueva dimensión hay espacio y bienestar, pero dura poco tiempo; vuelvo a sentir que me quemo; de forma misteriosa mi cuerpo espiritual comienza a incendiarse también; estoy en el infierno; despierto con un nuevo ataque increíblemente intenso; cuando termina, quedo exhausto, apenas tengo aliento para respirar; dormito un poco y la tortura comienza otra vez; las pesadillas están afectando mis sentidos.

22
Psicología y autoayuda

Telefoneo a mi hermano y le pregunto no sin cierto tono de molestia por su tardanza en darme información. ϴ ¿Fuiste a la oficina de Don Jacinto?, ¿y qué averiguaste?, ¡no me digas eso!, alguien debió haberlo visto quejarse de *algo*, Don Jacinto estaba enfermo, tenía un virus, te lo digo yo, créeme; sí, ya sé que has invertido mucho tiempo investigando, por eso deberías haber hallado algún dato de utilidad; ¿cómo que para qué?, para encontrar de donde viene el maldito virus y ayudar a tu hermano a liberarse de él. // Cuelgo el teléfono; estoy triste; todo parece indicar que el hombre del accidente no me contagió, ¿entonces quién?, ¿por qué?, ¿para qué?, necesito respuestas; ya entendí que la medicina no puede dármelas, pero soy un investigador serio, quizá la Psicología; regreso a mi cueva de refugio; esta vez me sumerjo en teorías analíticas de la mente humana; leo cómo mi "expectativa perceptual" me predispone a sufrir más en cada crisis de dolor; mi mecanismo de "aceptación acrítica" de la enfermedad me deprime, y mi "incapacidad para hacer una catarsis sana" me impide expulsar los recuerdos que perturban mi conciencia. Palabrería preciosa, pero poco útil... ¿y si leyera libros de motivación y autoayuda?, ¡hay tantos y tan pocos bien hechos!, la mayoría son copias de copias, con gastados consejos superficiales del tipo receta mágica; busco algunos que tengo marcados, basados en valores y respaldados por testimonios de vida, pero me detengo antes de leerlos, de antemano sé que no me servirán; otro ataque; ¿qué sucede?, ¿por qué ahora, por primera vez, mis libros no me dan una sola brizna de paz?

23
Procedencia animal

Mi esposa llega con un papel en la mano, lo sacude. ϴ Es el informe preliminar de infectología, lograron aislar un virus en tu sangre; en las próximas horas nos dirán exactamente cuál es; por lo pronto aseguran que proviene de un animal; tal vez roedor o ave. // Me quedo pensativo, ¿cómo pude adquirir el virus de un roedor o de un ave?, no hallo respuestas; en ese momento se escuchan los tímidos nudillos de alguien tocando a la puerta ϴ ¿Puedo pasar? (es mi hermano). ϴ Claro. // Se yergue como para darse valor antes de decir algo incómodo; comienza: ϴ Ya investigué a fondo a Don Jacinto González, tengo su expediente médico, estaba enfermo del corazón, tenía cálculos renales, triglicéridos, colesterol y ácido úrico, pero ¡no hay registros de virus o molestias neurálgicas!; se accidentó en su automóvil, punto, por eso murió. // Cree que voy a tener un nuevo arrebato de reclamos; se prepara, pero mi mente se ha instalado en otro lado; siento un escalofrío al comprender Θ ¡El lago! (digo con certeza), ¡fue en el lago donde me enfermé! // María objeta: Θ ¿Cómo?, más de veinte personas nos mojamos en aquel aguacero y jugamos con el agua del lago; a ninguno nos pasó nada. // Duda; se detiene; comienza a recordar detalles y a comprender. Aquel domingo derribé a mi primo Héctor a traición; el lago artificial tiene apenas unos cincuenta centímetros de profundidad, pero el fondo está lleno de lodo y excremento de pato, materia putrefacta *de origen animal*; mi primo y yo nos revolcamos, entrelazados, aplicándonos llaves de judo; él arrojó una bola de sedimentos a mi cara, oí a los niños desternillarse de risa, me quedé quieto, entonces mi primo llenó sus manos de fango negro y lo puso en mi cabeza; los niños se carcajeaban, me embadurnó de algas y excremento de ave; el guano entró por mis oídos; me levanté como una momia a perseguir a los niños; entonces llegaron los policías. A María se le ha iluminado la cara. Mi hermano no entiende; ella le explica.

24
El rincón ultrasecreto

Ahora ya sé dónde me infecté, pero ¿qué hago con ese dato?, ¿para qué me sirve?, comprendo que debo avisar al administrador del parque; miro el reloj, es tarde, estará cerrado; lo haré mañana; regreso a mi estudio para reflexionar; aunque soy de formación académica, he aprendido que la ciencia tiene muchos caminos truncados y abismos sin respuestas; incluso en temas antropológicos, biológicos y astronómicos hay premisas universalmente aceptadas que se dedujeron por una cadena de simples suposiciones lógicas; no están comprobadas, nadie puede atestiguar que son ciertas, pero el mundo las considera verdaderas sólo por fe; así, se cree que el hombre evolucionó del mono, se calculan historias humanas no escritas, se narra el pasado remoto de la Tierra y hasta se aseguran intervenciones inteligentes de otros planetas en civilizaciones antiguas; del mismo modo (por fe, y sin faltar a las praxis de la ciencia), algunos creemos en un Creador omnipotente, fuente de luz y de amor. Miro mi rincón "ultrasecreto", la zona de nadie; el hueco debajo de la escalera que conduce al segundo piso del estudio; una oquedad oscura. Si yo fuera un tigre herido, dentro de su cueva de refugio, acabaría acurrucándome ahí, justo en ese rincón de cuya existencia nadie sabe; el lugar en que he tenido las más largas e íntimas conversaciones con mi Creador; un sitio secreto del que no hablo nunca, pero en el que he llorado, descansado y sentido el mismísimo abrazo de Dios... gateo hasta él y me quedo inmóvil; luego digo Θ Aquí estoy, Papá; no me voy a mover hasta que me des explicaciones.

25

Un diálogo sincero

Después de rezar un rato y tratar de escuchar con oídos intuitivos, sigo sin oír la voz de Dios; entiendo que así como dediqué tiempo a indagar en libros médicos y psicológicos, preciso darle la misma oportunidad a la investigación espiritual; voy al estante y saco el Gran Libro, lo pongo sobre la mesa y lo contemplo antes de abrirlo; voy a escudriñarlo hasta encontrar respuestas; lo hojeo; a veces impone; no sé por donde empezar; tengo una idea: voy por la tabla de lectura diaria que a veces hago, busco la fecha y los pasajes que corresponden a este preciso día del calendario; la casualidad golpea mi entendimiento; no puedo creerlo; hoy me tocaría leer a Job; pongo manos a la obra; a los pocos minutos me enfado, ¡este relato es absurdo!, ¿cómo pudo Dios, permitir que el diablo matara a los hijos de Job, le quitara todas sus posesiones y le ocasionara una enfermedad dolorosa sólo para demostrar que ese buen hombre *sí* podía aguantar cualquier adversidad con entereza?; ¿cómo pudo el Creador, Inteligencia infinita, Sabiduría Eterna, apostar con Satanás a que uno de sus hijos más amados nunca renegaría?, ¡no entiendo!; dejo de leer y pregunto en voz alta: ¿qué significa esto?, hojeo el Libro y hallo partes que subrayé hace tiempo; leo: «Porque mis pensamientos no son los de ustedes, ni sus caminos los míos. Yo, su Dios, lo afirmo: Mis caminos y mis pensamientos son más altos que los suyos». De pronto siento como si en este lugar, estuviéramos *dos* y hubiésemos comenzado a comunicarnos. Θ Sí Señor, entiendo que tus ideas son muy diferentes a las mías pero ¿no podríamos al menos tratar de hacerlas coincidir? // Vuelvo a hojear, hallo otro versículo subrayado, es una voz clara que me habla: Θ Yo sé los planes que tengo para ti, planes de bien y no de mal, a fin de darte un futuro lleno de esperanza. // Me quedo inmóvil, guardo el aliento para no hacer ruido, atento, asombrado, fascinado con lo que interpreto como un diálogo sincero.

26
Guerra espiritual

Me pongo de pie y camino en círculos; el cuello comienza a escocerme otra vez tal cual ocurre minutos antes de cada espasmo; no tarda mucho; vuelvo a tener otro ataque; gimo, resoplo y regreso al rincón debajo de la escalera; caigo de rodillas y clamo (ya sin voz), buscando de todo corazón un consuelo de orden superior; entiendo que el relato de Job es una apología de algo muy serio: la guerra espiritual, batallas en otra dimensión que afectan nuestra realidad terrenal... comprendo que fue el maldito enemigo de Dios quien planeó y ejecutó la desgracia de aquel buen hombre; razono sobre la existencia de fuerzas del mal y cómo los seres humanos somos vulnerables a ellas; apenas tengo una tregua en el dolor, encaro de frente al diablo, le reclamo su intervención indeseada, le digo que está descubierto y le ordeno que se vaya; uso frases cortantes, como espadas de dos filos y pido la ayuda de los ángeles. Viene a mi mente una historia de la antigua literatura hebrea en la que el profeta Daniel en graves problemas ayunó y oró durante veintiún días antes de que el ángel de Dios llegara en respuesta a sus oraciones; el ángel le dijo: no temas porque desde el primer día en que dispusiste tu corazón a entender y a humillarte en la presencia de tu Dios fueron oídas tus palabras y a causa de tus palabras he venido a ayudarte, pero no pude llegar antes porque un gran demonio principado se me opuso durante veintiún días, hasta que Miguel, vino a auxiliarme en la lucha. Recordar el pasaje me asusta; imagino veintiún días de fieros sablazos en los aires mientras yo me consumo; no sé si podré soportarlo; por ahora, mi equipo de ángeles y yo vamos perdiendo la batalla porque las crisis de dolor se repiten más fuertes que nunca; entre llanto, mocos y gemidos, sigo de rodillas debajo de la escalera por horas, sin descansar, llorando, escupiendo en un bote de basura y peleando.

27
Testamentos

Mi esposa se encargó de avisar a los administradores del parque respecto al peligro que hay en el guano del lago; le contestaron que tomarían medidas. Desde hace doce días no trabajo, como muy poco y casi no duermo; los pronósticos amargos se están cumpliendo en mí; parezco una escoria, un ente con forma de vagabundo; por primera vez razono seriamente sobre la posibilidad de morir; ahora tomo libros al respecto; estudio casos de gente que fue declarada clínicamente muerta y luego volvió a la vida; detecto algunos fraudes editoriales escritos con fines sensacionalistas, pero descubro otros libros verosímiles en los que los autores narran la existencia de una nueva dimensión donde al morir, el ser humano se encuentra a sí mismo, recapitula cada hecho y palabra pronunciada, halla respuestas y, en la mayoría de las veces, plenitud y paz; morirse, según esos textos, es maravilloso, porque en realidad se nace. Me preparo para ello;

escudriño el cajón donde guardo papeles personales, mi testamento, seguros... debo organizar documentos. Siempre he considerado irresponsable de algunos hombres morirse sin dejar un patrimonio digno a su esposa e hijos; con la excusa de que "yo les he dado educación y sustento", creen que pueden irse de este mundo sin legar una herencia, pero la responsabilidad de un hombre no se termina cuando muere, permanece como un eco (bueno o malo) mucho tiempo después; así que reviso papeles, cotejo pólizas, posibles adeudos; no tengo fuerzas ni lucidez para hacer el trabajo a fondo; con las horas, saberme cerca del fin me genera un nuevo arranque de coraje; ¡yo no quiero morirme!, mis hijos son jóvenes; además, tengo tanto que hacer; tanto que dar aún; mi vida está llena de retos y proyectos. Voy a la regadera y me baño con agua fría como para obligarme a revivir.

28
Arranques de violencia

Salgo de la ducha y me visto con rapidez; debo aprovechar cada minuto de tregua; ahora las crisis duran alrededor de cuarenta minutos por cuarenta de descanso; voy a la cocina y trato de comer algo; lo hago con cuidado porque todo lo que pongo en mi garganta tiende a provocar una nueva crisis; mastico muy bien antes de deglutir; concentro toda mi atención en no ahogarme con la comida, hago declaraciones de optimismo. Θ Superaré esto, ningún virus me va a dominar, soy más fuerte que cualquier neuralgia, soy sano... soy... // Me quedo con la frase a medias; mi esposa me mira con lágrimas en los ojos; pregunta: Θ ¿Otra vez? // Digo que sí; me levanto, golpeo la pared con el puño; aviento cosas, rompo artefactos, tiro sillas, salgo corriendo, araño los árboles; María va detrás de mí queriendo tranquilizarme; regreso a la casa; me siento frente al televisor y recibo otra punzada espantosa; arrojo el control remoto a la pared; se hace añicos; entre nubes veo a mi esposa buscando las pilas y las piezas rotas. Realicé esos berrinches, consciente, en total lucidez, elegí hacerlos; vuelvo a mi cueva de refugio. Leo: «A pesar de las pruebas, que su amabilidad sea evidente a todos, manténganse despiertos y firmes en la esperanza, tengan mucho valor y firmeza y todo lo que hagan, háganlo con amor». Entiendo una gran verdad; en los momentos difíciles podemos convertirnos en seres odiosos, pedantes, descorteses, o podemos mostrar nuestra amabilidad a *pesar de todo*; ¿qué culpa tienen los demás?, sólo quieren ayudarnos; voy con mi esposa; está agachada frente a la mesa de la cocina, tratando de reparar con cinta adhesiva el control remoto que rompí; la abrazo y le pido perdón.

29

Te hice a ti

Mi hijo adolescente a quien le decimos "Capitán" entra al estudio; me encuentra en pijama, sin bañarme, sentado en un sillón reclinable, rodeado de papeles; camina hasta mí procurando no pisar los libros que están en el suelo. Θ Papá (me dice), fui al parque con mis amigos y no me gustó lo que vi; había muchos niños jugando en el lago, varios de ellos mojándose, echándose agua y arrojándose bolas de guano y lodo. Θ ¡No me digas!, ¡es increíble!, el administrador del parque prometió que limpiaría los lagos y retiraría todo ese lodo. Θ Pues no ha hecho nada, las cosas están igual... Θ Gracias por avisarme, hijo. Θ Te quiero, papá ¿ya te sientes mejor? Θ No; estoy cada vez peor; creo que voy a morirme. Θ No digas tonterías... // Mi hijo me abraza; después me deja solo en el estudio; tengo otra crisis terrible; en cuanto me recupero, tomo un libro de Anthony de Mello y leo esta historia: «Por la calle vi a una niña tiritando de frío dentro de su ligero vestido y con pocas perspectivas de conseguir una comida decente; me encolericé y le dije a Dios: "¿Por qué permites estas cosas?, ¿por qué no haces algo para solucionarlas?", durante un rato, Dios guardó silencio, pero aquella noche de improvisto me respondió: "ciertamente que he hecho algo; *te he hecho a ti*"». Entiendo que todo este sufrimiento tiene un porqué; si salgo vivo escribiré al respecto, pero por lo pronto es mi deber hacer algo para prevenir que a otras personas no les pase lo mismo que a mí; salgo de mi habitación; no hay nadie cerca; subo al auto y manejo a toda velocidad; acabo de sufrir un acceso, así que tengo de treinta a cuarenta minutos para movilizarme.

30
El palo de escoba

Llego al parque público; camino deprisa; estoy débil y mareado; un grupo de niños vestidos con uniformes escolares se encuentran jugando en la orilla del lago principal; mueven el agua con un palo de escoba y dan de comer a los patos; me acerco; les advierto del peligro, pero mi voz es ronca, se asustan; hasta este momento reparo en que debo parecer un demente; estoy en pantuflas y pijama, sin rasurarme ni peinarme, diciéndoles que se alejen del agua porque está infectada; me sobreviene uno de los peores ataques de dolor; esta vez la descarga se centra en los oídos; escucho un chillido muy agudo; caigo; me llevo ambas manos a la cabeza; grito con voz afónica, tomo el palo de escoba que sus dueños han abandonado y comienzo a golpear el suelo con él; tengo nauseas, vuelvo el estómago, me voy como dando vueltas por un túnel de colores; entonces despierto en mi cama; no sé qué sucedió; hablo de inmediato. Θ El lago está contaminado, debemos hacer algo. // María me mira con ternura y acaricia mi frente. Θ Tienes mucha fiebre; qué raro, no habías tenido fiebre. Θ Tuve un sueño extraño, pero fue muy real; soñé que fui al lago a advertir a los niños, y me desmayé frente a ellos. Θ No fue un sueño, mi amor; cuando vine a verte no te encontré por ningún lado, comencé a buscarte y Capitán me dijo lo que te platicó; supusimos de inmediato que habías ido al parque, fuimos tras de ti y te encontramos desmayado; varias personas trataban de ayudarte; había confusión en el lugar, porque decían que te habías vuelto loco.

31

Los patos muertos

Capitán irrumpe en la habitación; se ve muy alterado. Θ Es cierto, el lago tiene contaminación peligrosa; me regresé y encontré dos patos muertos entre los matorrales. Θ ¿Te regresaste? (mi esposa lo regaña) se supone que sólo ibas a manejar de vuelta trayendo el auto de papá Θ Sí, iba detrás de ustedes, pero luego tuve una sospecha y volví; qué bueno; ¿no creen? metí a los patos muertos en una bolsa y los eché a la cajuela del coche, están muy feos; tienen como tumores en la cabeza. // Me pongo furioso. Θ ¡No puede ser que hayas manoseado esos cadáveres de aves y los traigas en el carro!, ¿no te das cuenta?, quizá tienen un virus mortal. Θ Cálmate, amor (dice mi esposa), yo me haré cargo, llevaré las aves a infectología. Θ No me digas que me calme, lo que hizo *tu* hijo es una estupidez. // Mis palabras se quedan flotando en el aire unos segundos; de inmediato me doy cuenta que me excedí, por fortuna Capitán ya no es fácil de intimidar; protesta: Θ ¿Por qué hablas así, papá?; cuando hago algo bien soy *tu* hijo, pero cuando te enfadas conmigo soy hijo *de mamá*. Θ Perdona, pero no debiste... Θ Hice todo cuidadosamente, agarré los patos con un plástico. Θ De todas formas, no sabemos con qué clase de enemigo estamos lidiando; por si no te has dado cuenta, sellamos las bolsas de basura en donde pongo todos los papeles que uso, como con cubiertos especiales y desde que todo empezó no beso a nadie. Θ Tienes razón; me equivoqué ¿ahora qué hago? // Acontece otro ataque de dolor; mi esposa me da recomendaciones: Θ Cuando se te pase, tómate este té y trata de recostarte; estás débil; no quiero que te vayas a desmayar otra vez; voy a ir con Capitán a llevar esos patos a analizar y de paso preguntaré si ya tienen el resultado final de tus análisis. // No me da tiempo de contestar; ella y *nuestro* hijo salen de la casa; se van en el auto; yo me arrastro hasta mi estudio.

32

Gemidos indecibles

Voy a la mesa central; ahí termino de sobrellevar la última crisis; después me pongo a hablar con voz muy baja: ⊖ En el mundo abundan enfermos que sufren, hay padres que ven morir a sus niños; personas secuestradas, torturadas, asesinadas; madres que abandonan a sus hijos y mujeres que dan la vida por embarazarse y no pueden, ¿por qué pasa esto? // veo el Libro sobre la mesa; lo hojeo y agrego dirigiéndome a Dios: ⊖ Muchas personas están enojadas contigo, porque te creen responsable de permitir todo lo malo que pasa... // Busco en la concordancia algunas palabras claves; leo que la Creación llora y gime con dolores de parto; sonrío un poco; yo no sé que es tener un dolor de parto, pero en los últimos días creo que pude haber tenido varios hijos por los oídos; continúo leyendo y hallo declaraciones preciosas, impresionantes, como una contestación directa a mi pregunta: El Libro dice que nuestro mundo está mal porque es esclavo de la corrupción; ¡qué manera de simplificar las cosas! ¡cuántas clases de corrupción existen, sobre todo en la conducta humana que altera el orden natural de las cosas! A gran escala ocurre como en una computadora en la que personas corruptas cargan programas destructivos o información nociva para contaminar el sistema. A causa de la corrupción, la Creación gime como si tuviera dolores de parto y los hombres buenos sollozamos interiormente mientras aguardamos ser adoptados como hijos del Padre, es decir, mientras esperamos la liberación de nuestro cuerpo; por otro lado, cuando sufrimos, el Espíritu (de Dios), que examina los corazones y sabe lo que necesitamos, acude a ayudarnos y aunque no sepamos qué pedir, Él mismo intercede por nosotros con gemidos indecibles, haciendo que todo obre para bien de quienes le aman. Acabo de leer y me siento conmovido; digo: Θ Gracias, gracias, gracias... // Luego, voy al rincón ultrasecreto y suplico ayuda con gemidos indecibles.

33
La gran verdad

No he contestado e mails en varios días; entro a las redes sociales; me asombro; mi portal está lleno de frases alentadoras; hay más de cuatrocientas notificaciones privadas en las que recibo palabras de ánimo; ¿cómo se corrió la voz?, busco en la página principal; María dejó una nota hace días. «Soy la esposa de Carlos, pidan por él, está muy enfermo». Nada más; algo sencillo; leer tantos mensajes afectivos, me hace sentir valioso y amado; mis lectores son verdaderos amigos. Estoy entusiasmado porque aunque mi cuerpo se está desgastando por fuera, por dentro me estoy renovando minuto a minuto; percibo un crecimiento que jamás hubiese experimentado sin esta enfermedad; he estudiado todo el libro de Job y ahora admiro a ese personaje; él aprendió que era incalculablemente pequeño comparado con la infinitud de la Creación y gracias a ello, después de un periodo de adversidad, fue restaurado con lo doble de riquezas, familia y bienestar... su éxito consistió en resistir con optimismo aquel periodo difícil, pero sobre todo en aceptar sufrir una metamorfosis de humildad; antes del dolor, el hombre puede parecerse a un gusano, después, a una mariposa. Para la persona movida por pensamientos de amor, el sufrimiento deja una huella positiva: le quita todo aire de grandeza, toda vanidad, toda sensación de poder; aunque suene trillado, sigue siendo una verdad imperecedera: hay un propósito en todo lo que sucede, la adversidad nos ayuda a madurar, las pruebas nos dan carácter, a la larga, el justo siempre es recompensado; si somos personas de actitud positiva, la huella del dolor se traducirá en un alma más noble y limpia. Esto resulta difícil de entender en los momentos críticos, es inútil decírselo a la persona que está en medio de la crisis, pero aún así sigue siendo ***la gran verdad.***

34

Resultados de los análisis

María entra a la habitación con un sobre en la mano, me lo entrega. ⊖ Son los análisis virales de los patos muertos. ⊖ A ver (reviso con cuidado), esto no es posible; ¡aquí dice que las aves estaban completamente sanas y que murieron por un golpe! ⊖ Así es, amor, los aparentes quistes que tenían eran tumefacciones; fueron agredidos, ahora ve este otro sobre, contiene tus resultados finales; ya lograron identificar el microorganismo; lo que tú tienes es nada menos que un nuevo virus mutante de la rabia; este virus ataca el sistema nervioso pero no es mortal; creen que la vacuna de Pasteur podría ser efectiva contra él, están haciendo pruebas; ahora escucha; sólo habita en los roedores, no en aves. ⊖ ¡Pues en el parque de seguro hay ratas y ratones!, el virus está en el lodo, acompáñame por muestras; llevémosla a analizar y si coinciden apelemos a la autoridad para que hagan algo ya, y corran al gerente del parque que es un inepto; no nos podemos quedar con los brazos cruzados. // La convenzo; vamos al parque, caminamos por los jardines rumbo al lago principal; los dos policías obesos nos dan alcance. Θ ¡Alto!, está detenido (se dirigen a mí), usted fue filmado hace unos días golpeando con un palo a los patos del lago; mató a dos, después hizo desaparecer los cadáveres de las aves; tenemos testigos. // Quiero hablar, pero estoy muy débil y afónico, llegan dos policías más; nos informan que el gerente del parque ha levantado una demanda contra mí, y debo declarar ante el juez; no puedo concebir lo que está pasando; me conducen detenido a la patrulla. Pienso; tres días atrás fui encontrado inconsciente junto al lago después del peor acceso de dolor con un palo en la mano; tal vez desesperado, de manera involuntaria con los ojos cerrados a punto de perder la razón, maté a los patos; eso significa que si el episodio se repite puedo dañar a alguien más sin darme cuenta.

35

El mensaje de "mi amigo"

Sentado junto a María, espero que el secretario del juez tome mi declaración; estoy atónito; pienso en lo que puede suceder; sudo, tiemblo; si se comprueba que hice daño a un ser vivo de forma inconsciente quizá me lleven a un hospital psiquiátrico. La espera en la oficina de policías es larga; abro mis correos electrónicos en el celular; tengo muchos sin leer; reviso la lista; elijo el de un viejo amigo que hace años no veo; lo último que supe de él fue que quería dedicarse a escribir libros y a dar charlas; su correo me molesta. «Hola, Carlos; me enteré por el Internet que estabas enfermo; te hablé por teléfono, pero tu esposa me dijo que no podías contestar; te escribo con cariño para que reflexiones; tú lo has dicho muchas veces: todo sucede por algo; tal vez este trance por el que estás pasando sea señal de que debes cambiar y madurar; quizá hiciste algo malo y tienes que arrepentirte; tu esposa me dijo que has estado muy irritable; en los tiempos difíciles aflora lo que somos en realidad; ten cuidado; un líder social tiene grandes responsabilidades ¿lo has pensado?, espero que halles el mensaje que la vida te está dando para mejorar y así te alivies pronto». Aparto el teléfono de mi vista; no puedo creerlo; ¡cuanta arrogancia y pedantería!; le muestro el mensaje a María; se indigna. Θ ¿Quien es ese sujeto? Θ Un amigo pirata, copia todo lo que hago, pero mal; ahora se dedica a dar consejos. Θ Pobre tonto, para aconsejar, hay que entender al que sufre; haber sufrido. // Se da cuenta de que me está aludiendo e incomodando sin querer; frunce los labios y agacha la cara.

36
¿Castigo de Dios?

El e mail que leí me recuerda a los amigos de Job; querían consolarlo y terminaron atacándolo; le dijeron: «¿No es acaso demasiada tu maldad?, ¿no son incontables tus pecados?». En otras palabras le dieron a entender que Dios lo había castigado por portarse mal. Pienso en cuán erróneo es este concepto tan difundido; un padre amoroso jamás enseñaría lecciones a sus hijos a través de azotes; sería criminal torturar a un niño amado para que cambie de conducta; los castigos arteros hunden a quien los recibe, siembran odio y corrupción en el corazón de la víctima; Dios no puede hacer eso; cuando yo escribo un libro (guardando las proporciones) lo quiero como a un hijo, me enorgullezco de mi creación, lo cuido y lo promuevo; eso mismo hace nuestro Creador por nosotros; nos cuida y promueve; seguramente, cuando nos ve sufrir, sufre con nosotros; lo dice el versículo más pequeño del Libro: «Jesús lloró», lloró por el dolor de sus seres queridos, lloró con ellos, junto a ellos, como muestra de amor y cercanía; pienso en las palabras arrogantes de mi amigo y siento vergüenza por él, pero también por mí, por lo que pude haber dicho en el pasado, por lo que pude parecerme a él; yo he dado consejos al doliente, pero todas las filosofías moralizadoras suenan insulsas frente al dolor en carne viva; aconsejar no es siempre lo más sabio; de momento, incluso recuperar la salud pierde sentido para mí; ¿qué caso tiene sanarme si toda mi actividad productiva se centra en asesorar a quien enfrenta problemas?, ¿y quien soy yo para aleccionar a otro? Nunca me he identificado con los motivadores grandilocuentes que brindan recetas al pueblo, ni con los líderes de sectas religiosas que anuncian, a cambio de dinero, misterios que nadie comprende. Menos ahora. Miro a mi esposa y me recargo en su hombro; es mejor hacer sólo lo que ella hace: amar, acompañar.

37
Mi suegra

Seguimos esperando al secretario del juez para que tome mi declaración; no llega, pero llega mi suegra; su voz es fuerte y barroca; sus comentarios precipitados y llamativos; hace sugerencias que parecen órdenes; antes, eso me incomodaba y discutía con ella, pero ya no; nos aceptamos y queremos tal cual somos; extiendo mi mano y tomo la suya para tranquilizarla, cuando yo rechazaba a esa mujer, rechazaba a mi propia esposa; hoy sé que no sólo debemos honrar a nuestros padres para que nos vaya bien, sino que igualmente debemos honrar a nuestros suegros; mucha gente no acepta esta idea, pero es un principio inmutable; si somos una sola carne con nuestro cónyuge, entonces su padre y madre son como nuestros propios padres; mi suegra es mi mamá por transferencia y ella también me considera su hijo, así que pelea por mí, me defiende a grandes voces, luego se sienta a mi lado y me abraza; como un niño, lloro con ella. Al fin llega el secretario del juez; estaba almorzando, lo sé porque tiene briznas de pan en su camisa. Θ Aquí hay una querella (me dice), contra usted. // La lee; se me acusa de haber atacado propiedad federal; soy una especie de cuatrero moderno; por fortuna, los que matan patos no son ahorcados como quienes agredían ganado en el viejo oeste; declaro que amo a los animales; cuento que hace poco crié a un buhito que cayó de su nido; mi testimonio no parece conmover al juez; de pronto llega mi hijo adolescente acompañado de un hombre con las uñas negras, es el jardinero del parque, también cuida el lago; él vio lo que pasó ese día; quiere atestiguar.

38
Inocencia

El jardinero declara: Θ Los dos patos murieron porque unos pillos les arrojaron piedras usando resorteras, de hecho la semana antepasada mataron a otro; este hombre (se refiere a mí) se veía muy enfermo, quiso decirle algo a los niños que jugaban por ahí, pero se cayó al suelo casi de inmediato; yo lo vi. // Mi esposa recuerda algo importante y salta; sale corriendo, va al auto y regresa trayendo el informe de infectología, exhibe el documento y demuestra que nadie se robó "la evidencia", sino que la llevamos a analizar; lee: Θ Los patos tenían golpes provocados por rocas, no palos, esto se determina porque había residuos de piedras en las contusiones; aquí está escrito, Carlos es inocente. // Le explico al juez que aún deben investigar el lodo junto al lago, es posible que hallen un nuevo virus mutante de la rabia que habita en roedores y que me infectó a mí; el juez prefiere no darme la mano; lo entiendo. Vamos de regreso a casa. Θ ¿Ya lo notaste?

(dice María), hace como tres horas que no tienes un ataque. // Miro el reloj; es cierto; qué extraño; llegando a casa, como y bebo agua, vuelvo a tener otra crisis, pero esta vez más breve y suave; esperanzado, comienzo a tomar los tiempos de nuevo; los ataques se van espaciando; me lleno de una alegría inmensa; pocas veces en mi vida recuerdo haberme sentido tan feliz; ¡me estoy recuperando, saliendo del más profundo pozo cenagoso después de veintiún días de suplicio!; ¿por qué?, ¿qué hice?, ¿cuál es la explicación?; recuerdo las palabras del infectólogo: «cuando tienes un virus te enfrentas a él cuerpo a cuerpo hasta las últimas consecuencias». ¿Eso significa que el enemigo está siendo vencido?; también viene a mi mente el libro de Daniel y cómo recibió ayuda desde el primer día hasta la consumación de la batalla... Mi esposa entra al estudio precipitadamente; se ve nerviosa; me dice: Θ Acaba de hablar por teléfono un hombre; se escuchaba desesperado, dice que su esposa está muy enferma, ¡tiene lo mismo que tú!

39
Sé paciente

Θ ¿Otra persona enferma por el mismo virus? ¿Cómo sabes? Θ ¡El hombre que llamó me contó lo que le sucede a su mujer!; los síntomas son idénticos a los tuyos; también le diagnosticaron una simple laringitis, pero se está muriendo de los dolores de garganta y oído. Θ ¿Esa señora ha tenido contacto con roedores?, ¿trabaja en el parque?, ¿la conozco? Θ No sé; le di nuestra dirección a su marido y vienen para acá, podrás preguntarles todo, pero seguramente quieren escuchar una palabra de esperanza; están muy confundidos, como lo estábamos nosotros hace unos días. Θ De acuerdo. // Después de lo que viví, soy reacio a decir algo que suene a recetita mágica; sólo me nace hablar en términos espirituales; le diré a la mujer: La única recomendación que puedo darle ante el dolor inexplicable se resume en dos palabras: tiempo y paciencia. Lo dice el salmo 40: «Al Señor esperé ***pacientemente***, y Él se inclinó a mí y oyó mi clamor, me sacó del hoyo de la destrucción, del lodo cenagoso; asentó mis pies sobre una roca y afirmó mis pasos». Con el tiempo, cualquier sufrimiento acaba; los tiempos de Dios son diferentes a los nuestros y Él dispone todo para que tengamos un futuro lleno de esperanza; así que debemos ser pacientes y esperar *su* tiempo; seguramente después de veintiún días con sus noches, más o menos, el dolor que usted padece se esfumará; tenga valor y firmeza, comprenda que este mundo no es nuestra casa, mientras vivamos en este cuerpo estaremos alejados de nuestro Origen, y cuando la tienda de campaña en que vivimos se deshaga, tendremos un edificio precioso, eterno en el cielo; algo tan increíble que ningún oído oyó, ningún ojo vio y ninguna mente humana concibió antes. Mientras tanto, limítese a permanecer firme, alegre, fuerte; *y espere el tiempo de Dios.*

40

El secreto de la mujer

María me llama a la sala; las visitas están aquí; me encuentro con una pareja muy alterada. Θ ¡Ayuden a mi esposa; sufre terribles ataques de ardor!; los médicos no saben qué tiene. // Ella traga saliva y se yergue un poco; seguramente es de porte distinguido cuando se arregla, pero ahora se ve horrenda (como me vi yo los últimos días), con la boca llena de baba espumosa y los ojos saltados; le pregunto: Θ ¿Cuándo comenzaron los dolores? // Contesta: Θ Hajce tresj díajs. // Siento deseos de abrazarla, de decirle que estará bien, (pero que aún le falta lo más difícil); en vez de eso, cuestiono: Θ ¿Cómo se enfermó?, ¿cómo supo de mí? // Ella responde: Θ Suj hermano fue a mij ofijcina; ejstaba invejstigando la muerjte de Jajcinto Gonjzálejz. Θ ¡A ver! ¿Usted conoció a don Jacinto? Θ Sij; ejra mij jefe. Θ ¡Lo sabía!, ¡lo sabía!; yo vi morir a ese hombre; vi su cara cuando agonizaba; ¡estaba enfermo!, los dolores neurálgicos lo hicieron accidentarse.

// La mujer se lleva las manos a la garganta y gime; voy por un trapo limpio, se lo doy; le digo que lo muerda y exhale lentamente sobre él; María corre por las medicinas que tomé, da explicaciones, le dice al hombre que no se le vaya a ocurrir sugerirle a su esposa hacer gárgaras con limón. Cuando la mujer recupera la cordura me dice con timidez: Θ ¿Puejdo hablar un minuto con ujsted a solas? Θ Claro; (miro a María y al hombre) ¿nos harían el favor? // Nuestros respectivos cónyuges salen de la sala; observo a la señora; ella baja la vista como si además de dolor sintiera una gran vergüenza. Su crisis neurálgica termina y puede hablar con más soltura: Θ No quise decirle nada a sju hermano cuando fue a hajcer preguntas a las oficinas del partido, porque tenía la esjperanza de que Jacinto se fuera a la tumba con nuestro sjecreto (hace una larga pausa como pensando en lo riesgoso que podría ser revelarme ese secreto a mí, pero se da cuenta que no tiene opción; al fin lo dice); Jajcinto y yo éjramos amantejs.

41
Supersticiosos del poder

Una peligrosa idea me obliga a respirar hondo, siento nauseas; ¿será posible que la enfermedad se transmita por vía sexual?; examino. Durante las últimas tres semanas no he tenido un acercamiento íntimo con mi esposa, tampoco la he besado, así que en todo caso ella estará a salvo, sin embargo, si el nuevo virus se propaga como el sida, pronto será una epidemia mundial. Θ Sígame contando (le digo a la mujer). // Se aclara la garganta; su último ataque de dolor ha cesado por completo, tiene unos minutos de total calma; lo sabe; habla con lentitud al principio, pero al darse cuenta que articula con excelente dicción, se da prisa: Θ ¿Usted ha leído un libro que se llama "los brujos del poder"? (pregunta). Θ Sí, lo conozco. Θ Entonces sabrá que algunos políticos van con brujos para hacerse limpias; yo coordinaba la campaña de Jacinto, lo conocía bien, Jacinto era un hombre dulce, inocente y noble, pero muy supersticioso; había tenido una larga racha de mala suerte; todo le salía mal, su carrera política iba en picada, su familia estaba destruida y yo no aceptaba irme a vivir con él porque soy casada; él tenía la firme convicción de que le habían hecho algo así como mal de ojo; entonces, un importante dirigente sindical, le dijo adónde ir para acabar con cualquier ligadura de hechizos y tener buena fortuna; Jacinto se entusiasmó mucho, así que le ayudé a planear todo para ver a un consejo de brujos; organicé giras en las afueras de la ciudad y le dije a mi esposo que iba a tener que hospedarme en un hotel con todo el equipo de campaña; me creyó; Jacinto y yo nos escapamos en un auto; viajamos cinco horas hasta un poblado remoto; cuando llegamos ya nos estaban esperando.

42
La limpia

Lo primero que hicieron fue quitarle la ropa, darle una bata y meterlo a un baño de temascal; yo también fui invitada, al principio no quise, luego me convencieron; sólo me di el baño; a Jacinto lo llevaron después a una choza para hacerle la limpia; recibió terapia de inhalantes y varios brujos rezaron en un lenguaje desconocido haciendo pases mágicos con diferentes plantas alrededor de él; cuando entré a verlo, se veía contento, seguro de que al fin había encontrado la panacea; me comentó: "Ya estoy limpio de malas vibras (me dijo); ahora voy a ir a un siguiente nivel; me explicaron que si deseo tener poder absoluto sobre mis enemigos, debo hacer un pacto perpetuo con *La Patrona*; ella me protegerá y ayudará siempre". No entendí bien a qué se refería ni quien era esa *Patrona*; estaba eufórico, decidido. Como a las once de la noche apareció una camioneta con vidrios oscuros, salieron de ella dos personas vestidas de negro; se llevaron a Jacinto y lo regresaron hasta la mañana siguiente; para entonces yo estaba muy nerviosa; Jacinto parecía como drogado; de vuelta a la ciudad durmió todo el camino en el asiento de atrás; yo manejé, aterrada, arrepentida de haberme convertido en la amante de ese hombre; asombrada de los extremos a los que algunos políticos son capaces de llegar. Lo increíble sucedió después: de forma misteriosa, la suerte de Jacinto cambió; su único contendiente para la diputación local renunció, recibió un premio económico por su trabajo en el partido y hasta sus hijos se comunicaron con él para invitarlo a una reunión; estaba feliz, gastando dinero al por mayor, pero su mirada había cambiado; ya no tenía la nobleza ni la inocencia que me gustaban.

43
El pacto

La mujer comienza a sentir escozor; se soba el cuello; aprovecho su pausa para preguntarle: Θ Dígame una cosa; ¿es posible que Jacinto la haya contagiado por vía sexual? // De inmediato contesta: Θ No; fue de otra manera; creo que el virus sólo se transmite mediante sangre contaminada; su hermano me contó cómo fue que Jacinto lo salpicó a usted en la cara el día que murió; a mí me pasó algo similar. Θ Continúe, por favor. Θ Una noche tomó demasiado alcohol, se emborrachó como nunca, dijo que quería hacer un pacto de amor conmigo y me pidió que cerrara los ojos; como estaba tan necio y ebrio, obedecí; de pronto sentí un desagradable sabor metálico; se había cortado la yema de su dedo pulgar con una navaja y había puesto un hilillo de su sangre en mis labios; le pregunté enojada por qué había hecho eso; contestó que así era como se hacían los pactos. Le pedí que me relatara lo que pasó aquella noche; aceptó, no sin antes hacerme jurar que guardaría el secreto: lo llevaron a una casa en medio del bosque; había velas encendidas y una mesa cuadrada; el rito preliminar fue prolongado; él y los demás participantes de la ceremonia aspiraron diferentes tipos de incienso y masticaron algunas hojas estimulantes; después, trajeron a la mesa tres animales amarrados; un búho, un gato negro y una enorme rata; los sacrificaron, recolectaron la sangre de los tres, la mezclaron y bebieron unos tragos frente al altar de sus deidades; cuando Jacinto me contó eso, pude distinguir por qué su mirada había cambiado, desde entonces vivía con miedo; sin embargo, me aseguró que valió la pena porque los resultados habían sido positivos; según él, su vida era perfecta ahora. Sólo tenía un problema que no podía explicar; había comenzado a sentir como calambres ácidos en la garganta.

44

¿Qué piensas?

La mujer enferma y su marido se van; me quedo mudo, incrédulo, asombrado; le platico a María toda la historia; se pone muy tensa, llama por teléfono al médico infectólogo y le cuenta los detalles, también le dice que la mujer irá a verlo; el doctor la tranquiliza; el virus es inestable y poco común; creen que podrán erradicarlo. Mi esposa le da las gracias y cuelga. Permanecemos en la sala callados por un largo rato. Θ ¿Qué piensas? (pregunta al verme absorto). Θ Pienso en cómo se propaga el mal (contesto), hay demasiada corrupción en el mundo y por eso la Creación gime como si tuviera dolores de parto; pienso que los ***virus sociales*** como crímenes, engaños y abusos, están acabando con la raza humana; sin embargo, pienso también que aunque haya un mejor lugar para nosotros después de morir, el mundo en que vivimos hoy aún es extraordinario; recuerdo paisajes en la playa, en la selva, en el bosque y en las montañas; amaneceres y ocasos increíbles; pienso que a pesar de la corrupción, esta Tierra es preciosa, somos privilegiados al habitarla y vale la pena luchar por ella; pienso que a veces nos quejamos por tonterías y no nos damos cuenta del milagro de poder abrazar a nuestros seres queridos y compartir con ellos lo que hay en nuestra alma; pienso que el dolor es temporal, siempre pasa, no forma parte de nosotros, no fuimos hechos para sufrir, por eso hay que enfocarnos en estar contentos y vivir con intensidad; lo merecemos; hoy más que nunca he comprendido la importancia de reír, hacer las paces con todos, gozar la belleza de estar sano, tener a alguien que nos ame y a quien amar; pienso que los problemas deben enfrentarse con la cara en alto, luchando, sin bajar la guardia, sin darnos por vencidos, haciendo lo mejor que podamos cada día, incluso a pesar de tener dolores o incomodidades; también pienso que no es sabio dar consejos a una persona que sufre; sólo habría que decirle: *sé paciente, todo lo malo pasa, serás levantado y fortalecido, saldrás del fango cenagoso y recuperarás la felicidad. Espera el tiempo de Dios.*

ISBN 978-607-7627-20-3

Mariano Escobedo No. 62, Col. Centro, Tlalnepantla Estado de México, C.P. 54000, Ciudad de México - Miembro núm. 2778 de la Cámara Nacional de la Industria Editorial Mexicana.
Tels. y fax: (0155) 55-65-61-20 y 55-65-03-33
Lada sin costo: 01-800-888-9300 EU a México: (011-5255) 55-65-61-20 y 55-65-03-33 Resto del mundo: (0052-55) 55-65-61-20 y 55-65-03-33
Correo electrónico: info1@editorialdiamante.com
ventas@editorialdiamante.com
Diseño de portada y formación: L.D.G. Leticia Domínguez C.

www.editorialdiamante.com
www.carloscuauhtemoc.com

IMPRESO EN MÉXICO / PRINTED IN MEXICO
Este libro se terminó de imprimir en agosto de 2010
en Worldcolor Querétaro, S. A. de C. V.
Fracc. Agro Industrial La Cruz
El Marqués, Querétaro México.
ESD 1ra-20-3-M-15-08-10